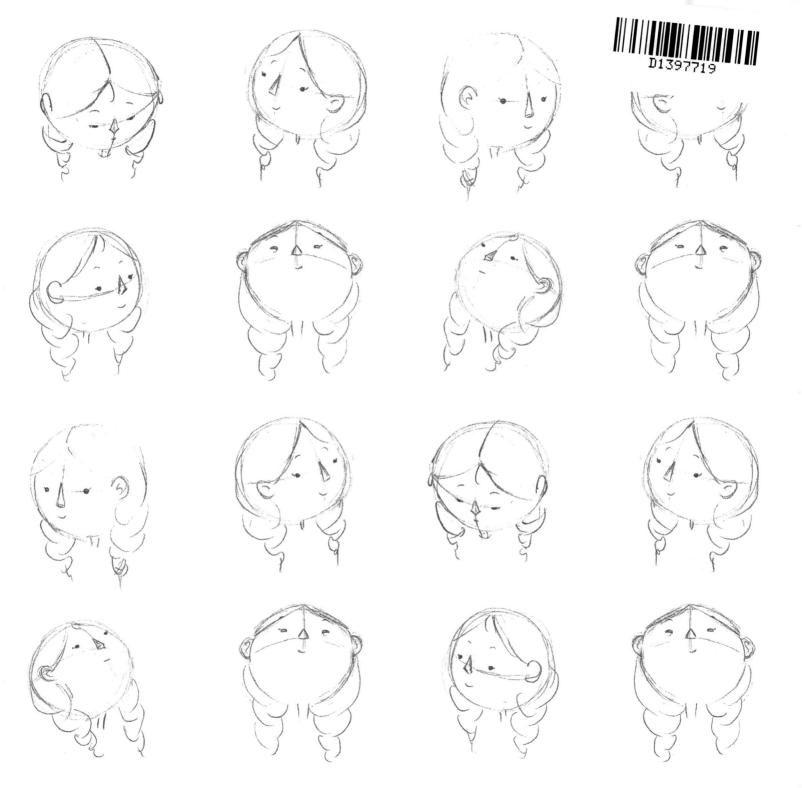

AuthorHouse™
1663 Liberty Drive
Bloomington, IN 47403
www.authorhouse.com
Phone: 1 (800) 839-8640

Published by AuthorHouse 09/07/2017

ISBN: 978-1-5462-0679-8 (sc)
978-1-5462-0678-1 (e)

Library of Congress Control Number: 2017913485

Print information available on the last page.

Any people depicted in stock imagery provided by Thinkstock are models,
and such images are being used for illustrative purposes only.
Certain stock imagery © Thinkstock.

This book is printed on acid-free paper.

authorHOUSE®

TODOS VAMOS A ESTAR BIEN
WE'RE GOING TO BE ALRIGHT

Written by **Maria Uribe**
Illustrated by **Natalia Murcia**
Translated by **Sally Nathenson-Mejia**

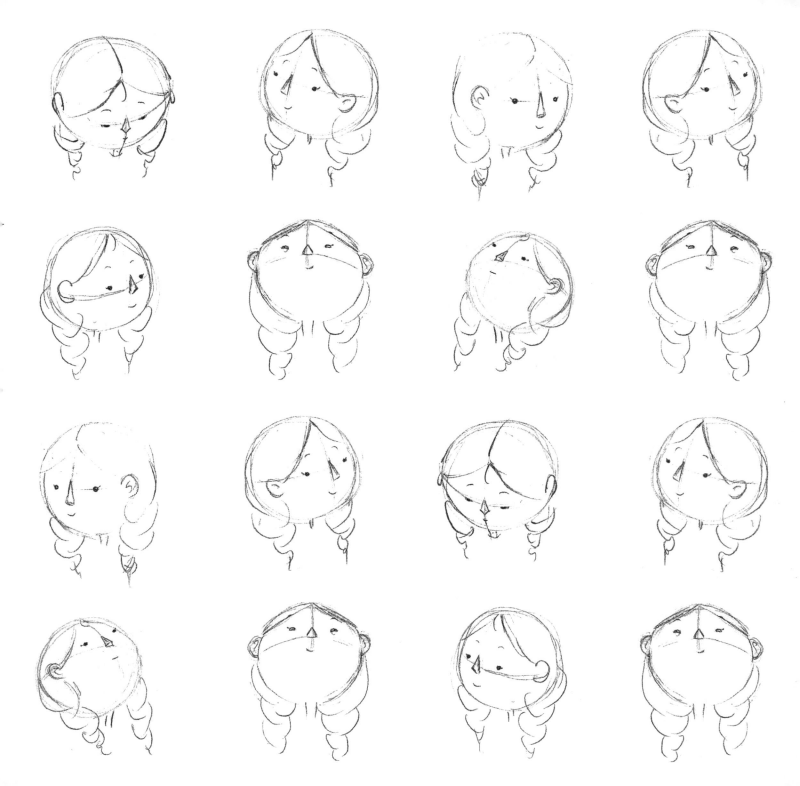

TODOS VAMOS A ESTAR BIEN

WE'RE GOING TO BE ALRIGHT

Written by:
MARIA URIBE

Translated by:
SALLY NATHENSON-MEJIA

Illustrated by:
NATALIA MURCIA GUTIÉRREZ

Maira es una niña muy feliz. Vive con su madre y su abuela. Le
encanta ir a la escuela, estudiar y estar con sus amigos.

Maira is a very happy girl. She loves living with her mother and her grandmother. She loves going to school to learn and be with her friends.

La madre de Maira siempre la peina y la acompaña todos los días a la escuela. Cintas de colores adornan su cabello y van muy bien con el uniforme de la escuela y los zapatos que con tanto amor, su padre le compró.

Maira's mother always braids her hair and takes her to school everyday. Mama weaves colorful ribbons into her braids and they match her school uniform. They even match the shoes her father proudly bought for her!

-Mija, pórtate muy bien, escucha al maestro en todo y ponle muchas ganas a tu trabajo. ¡Te quiero mucho!

Le dice todos los días después de besarle la frente y darle un fuerte abrazo.

Everyday Maira's mother tells her, "Sweetheart, behave well, listen to your teacher and do your best. I love you SO much."

Then, everyday, she gives her a kiss on the forehead and a big hug.

La madre de Maira tiene dos trabajos y siempre llega muy tarde, por lo que deja a Maira con su abuela, quien la recoge después de la escuela. El padre ya no vive con ellas.

Maira's mother has two jobs and always gets home very late. That's why Maira goes home with her grandmother after school. Her father doesn't live with them anymore.

Maira dice que la clase con Ms. Smith es como los cubos que usó para hacer el trabajo, puedes jugar con ellos, pero siguen siendo rígidos. A Maira le gusta el rigor, pero…

Maira says that her class with Ms. Smith is like the cubes she used to learn with, you can play with them, but their sides are always firm. Maira doesn't mind a firm teacher, but....

Su clase favorita es la de Mr. López, pues es cuando todos están reunidos con el único propósito de escuchar a Mr. López leer una historia, responder a sus preguntas, hablar e incluso reírse.

Her favorite class is with Mr. Lopez. That's when everyone sits together to listen as Mr. Lopez reads a story. They answer his serious and his silly questions, and they talk and laugh.

Pero hoy es un día diferente. Maira llegó con la vecina, sin trenzas o cintas de colores. Pareciera que alguien le hubiera arrebatado la sonrisa de su rostro.

But today is different. Maira arrived at school without braids or colorful ribbons. It seems that someone erased the sunny smile from her face.

Maira no quiere jugar. No ha dicho nada en la clase de Mr. López. Las lágrimas inundan sus ojos y esconde la cara entre sus rodillas.

Maira doesn't want to play; she doesn't say anything in Mr. Lopez's class. Tears fill her eyes and she hides her face between her knees.

Maira está triste. Triste miedo. A sus familiares los han deportado. Ya no habrá patinaje en hielo. Su abuela no irá por ella a la escuela. Su mamá no le hará sus hermosas trenzas.

Maira is sad and she is afraid. Some of her family and friends have been deported. Now she won't go ice-skating with her friends, her grandmother won't pick her up after school, and her mama won't make her beautiful braids.

Irá a otra escuela, no estará con sus amigos, no habrá clase con Mr. López. No va a vivir con su familia. Ahora vivirá con extraños.

Maira will go to a different school, she won't be with her friends, and she won't be in class with Mr. Lopez. She won't be living with her family; she'll be living with strangers.

Mr. López comienza a leer un cuento, pero hoy todos están callados, no hay risas.

Mr. Lopez begins to read a story, but today all are quiet, there are no smiles.

Mr. López hace una pausa. Todos se toman de las manos y... en silencio... le basta con una para decir "Vamos a estar bien"

Mr. Lopez pauses. They all hold hands and, in silence, they look at each other as if to say, "We're going to be alright."

Estimados padres y maestros

Ustedes se preguntarán "porque escribimos este libro para los niños". En los últimos diez años hemos visto la importancia que tiene el dialogo con los niños acerca de los temas que están ocurriendo alrededor del mundo. Ellos se dan cuenta y además se preocupan por los eventos mundiales.

Para los niños es mejor que los adultos hablen con ellos estos temas en un ambiente seguro, con cariño, para que puedan expresar sus ideas e inclusive sus temores.

En los Estados Unidos alrededor de 15.000 niños han sido entregados a hogares de acogimiento por los que sus padres han sido deportados o detenidos. Estos niños duran en estos hogares hasta que los asuntos legales de los padres se solucionen lo cual puede durar meses. Los maestros tienen poco conocimiento de como trabajar con los niños que tienen esta clase de problemas emocionales. No se han hecho suficientes investigaciones del impacto que produce en los niños el hecho de sus padres sean deportados. Sin embargo, lo que sí sabemos es que la separación en estas circunstancias de los bebes, niños y adolescentes tienen consecuencias adversas para todos.

Como padres y maestros debemos ayudarle a los niños, a entender las dificultades que los niños padres indocumentados. Esperamos que este libro les a ver que estos niños son como ellos con familias que los quieren, con sueños y esperanzas.

Dear Parents and Teachers,

You might ask, "Why did we write this book for children?" We have realized over the years that it is important to talk with children about difficult issues happening in the world. They do notice them and they do worry. It is better for them when we, as the adults, bring up these issues in a safe, caring way allowing them to express their ideas and even their fears.

As many as 15,000 children in the United States are placed in foster care due to detainment or deportation of a parent. The placement of children in protective care usually lasts as long as the legal proceedings, which could take months. Teachers have little idea of how to work with children with these kinds of emotional challenges. At present, there is a lack of research on the specific ways that the deportation of a parent shapes the children left behind. What we do know, however, is that the separation of families under these kinds of circumstances is certain to have adverse consequences for newborns, grade school children, and adolescents alike.

As parents and educators, we can help all children understand what the children of undocumented immigrants are going through. We hope this book will help them see these children as very like them, with loving families, hopes and dreams.

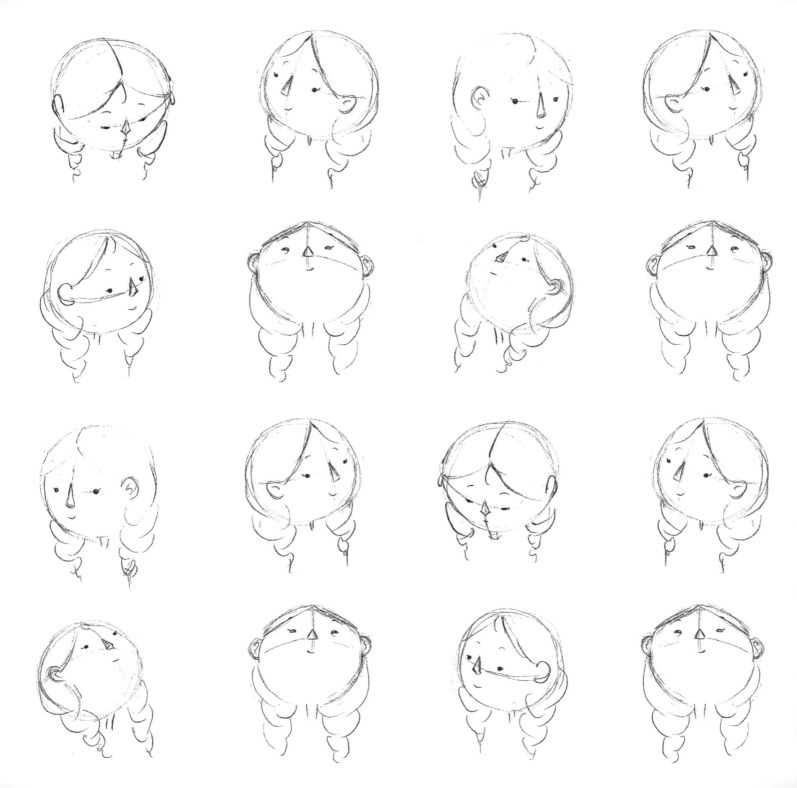

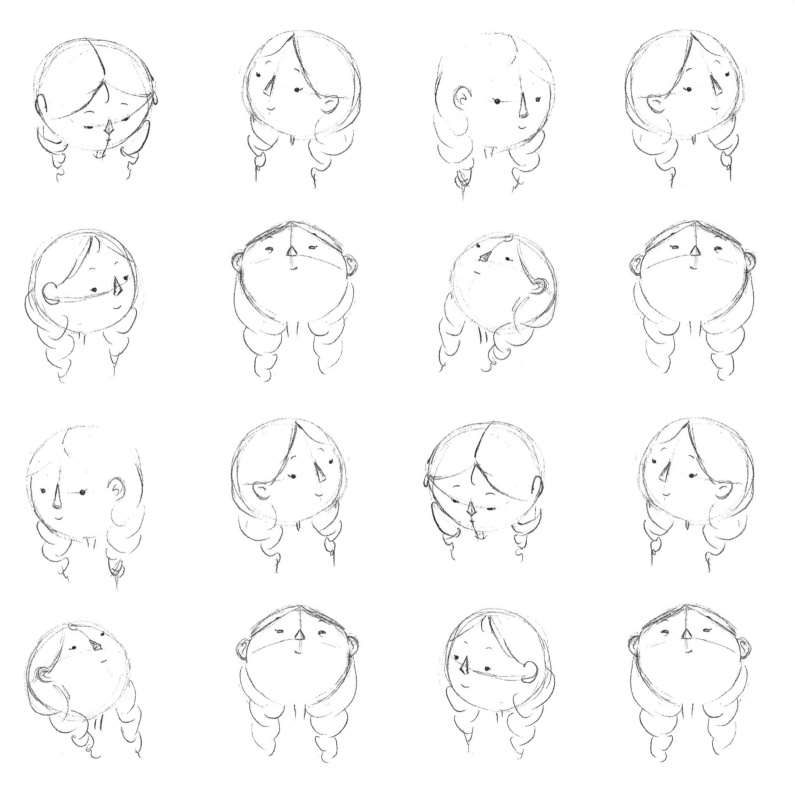

CPSIA information can be obtained
at www.ICGtesting.com
Printed in the USA
BVHW02s2025090318

509998BV00017B/93/P

9 781546 206798